# 用九柑仔店

② 聽見發芽的聲音

阮光民

= 目次 =

用九商店

第一話。

## 無常・日常

只要眼睛有睜開，就沒有什麼是度不過的。

唔！

大水蟻。

要下雨了。

秋天葉子掃不完吧。

掃完的那天也差不多入冬了。

阿公怎麼不多睡一下？

我之前都睡五個月了，還叫我睡。不用煩惱，我的體力我自己清楚。

喀！

喀！

喀！

12

國中那次車禍住院，我待在病床三個多月。

出院像是新生，緩步慢行，對於周遭總是會多看一眼，

對長期住院的人來說，離開病床宛如經歷分娩。

少用語言，大多是觸摸感覺。

德伯！

早安啊！

伯公早！

早！

阿公，早餐好了！

好—

畢竟，離開日常有一大段時間了。

唔！

阿公的指甲很厚。他說阿媽以前種花生，每次採收他懶得彎腰，都直接用腳踢。

喀！

年久月深，泥土成了養分，厚實了指甲。當然，我明白他在說笑。

阿公，剪完指甲我送你去做復健。補完貨再去接你。

啊俊龍—

謝謝你喔！

幹麼謝啦！
很怪耶。

昭君！買沙拉油喔——

……

嗯！是，是啊！

你管人家買什麼！老豬哥！

哎喲！打個招呼咩！

水昆要去田裡喔？

打招呼，啊你有跟我招呼過早餐吃什麼嗎？

還不是恁祖媽招呼你吃穿！

對啊！新聞不是說有風颱要來。

17

18

失去五個多月，

換到一個離家十幾年的孫子。

阿公，我叫計程車好了。

唔—

唔—不用！

唔！

搭我的車吧。

就—就快跨過去了。

五分鐘前也這麼說。

唔—

人是不是越老越固執啊……

蝸牛先生在幹麼？

不用拉那麼緊，你怕就騎機車吧。

秋天吹東北風。

春末還有秋初溼氣較重，屋內容易受潮。

晒書？

他在晒書。

23

書也要透透氣，晒晒太陽啊！

喀！

媽媽爸爸不住一起了

哈囉！館長，有你的信喔！

順便來還書。

館長，這裡的書你都看過嗎？

十之八九。

喔喔喔喔！好厲害！

妳不用送信嗎？

新蓋的柑仔店很不錯吧！

現在連免費WiFi都有了耶！

呃——沒有急件啦。

你不怕書被小鬼翻壞喔？

嗯！俊龍對柑仔店的走向滿有想法的。

這堆童書跟繪本晒完就放到柑仔店二樓。

書的價值在於被翻閱，不是陳列。

好帥！連說的話都那麼帥——

可以的話我最想翻你啦。

這可是你課堂上說的⋯⋯

妳很熱嗎？臉很紅。

唔！

是風啦！秋風引起的過敏症狀。

觀其書如觀其人，我直接看人比較實在⋯⋯

啊——好害羞！

27

謝謝！

還麻煩妳繞路陪我去補貨。

在夜市做生意。

我猜，一天之中妳最喜歡晚上吧。

28

在夜市和陌生人交談，比和陌生的親人相處自在得多。

你現在店重新開張了，然後呢？

地有了，再慢慢思考種些什麼吧。

嗯⋯⋯

嗯⋯⋯

路邊停一下！我看到田裡有異象！

大鼻芬！

唔？

你在偷摘高麗菜喔！

屁啦！不要看到黑影就開槍啦！

對啦！水昆伯找人幫忙採收。

我加減賺點私房錢啊！

臨時工？

你會不會買太多了……

好像有點多。

這樣吧，我買五顆。

都是為了要岔開大鼻芬的話題……

嗯……

※婿：閩南語「漂亮、美麗」之意。

哦！這高麗菜這麼婿！

那買五送一吧。

俊龍，這菜怎麼賣？

你們兩個少年仔在笑什麼啊？

呃！姨婆，這——這是……

唔！沒，沒什麼。

姨婆一顆算35好了。

哈——

我買一顆，唔……還是兩顆好了。

哈哈！

氣象局已經發佈海上颱風警報，預計後天、大後天對台灣的影響最明顯。

阿公，煮好囉。

請各位民眾加強防颱準備，繼續為各位播報……

喔喔，讚喔！

廟公、勇伯一起來吃。

這是媽祖廟前那家薑母鴨喔！

今天高麗菜讓你們吃到飽。

否則怎麼每次吃好料你就出現。

耶！吃飯！吃飯！

你老實說，是不是有偷裝監視器？

阿芬妳搬過來，我在車上接。

沒關係啦！這很重，我來就好。

水昆啊！那些先放著別管了啦！

我慢慢搬就好了啦。

我打電話叫阿忠來幫忙好了！

你們先把那些菜搬上車！

用車上的帆布把菜蓋住！

唇！

水昆叔……

阿誠……

是吉誠……嗎

我對這人沒什麼印象，不過，幸好他出現。他兩三下就把菜都扛上車了。

哈啾！

冷到了吧！真是的，怎麼不叫我？

本來有想啊……但吉誠叔出手相助了。

而且哪知會突然下大雨……

好了，我去端薑湯給妳。

謝謝老公啾一個。

啊！鼻涕沾到了啦。

看到別人幸福，多多少少體會到自己的孤獨。

回來啦，薑湯在廚房自己倒。我拿去給阿母。

哥，我拿去就好。

好，石階很滑，小心。

你們會放颱風假嗎？

服務業耶，很難吧。

水昆說洗個澡就過來。

他叫我們再加瓶米酒。

你們看，寶珠有了耶！

她說生完後帶全家來看我。

喔！你會用這個厲害！

俊龍教我的啊——

這樣你就當曾祖父了。

來！恭賀勇伯當曾祖父！乾一杯！

兩金，我遠遠就聽到你的聲音了。

要加張椅子喔。

水昆伯你來啦，這邊坐。

唔！

他就是阿公替他作保的唐吉誠。

呃！是跑路的吉誠叔。

45

阿誠，先吃吧。

他應該和我爸的年紀相仿，可是他憔悴的程度彷彿經歷了兩倍的歲月。

46

我想是大家看見他脖子上的勒痕。

也許因為勒痕，話難出。

阿公他們聊著日常，並沒提起關於吉誠叔什麼。他也沒說什麼，靜靜的喝湯。

我那有空房，你先住下吧。

如果還有落腳的地方，還沒有

回來就好，吉誠⋯⋯

人生是這樣的。目睭打開是一工，無打開就是一世人。

※「一工」即閩南語一天，「一世人」即閩南語一輩子。

只要眼睛有睜開，就沒有什麼是度不過的。

水昆伯沒再醒來。

他微笑得像是完成了什麼後，心滿意足的離開。

水昆嬸和阿公他們雖然傷心，卻似乎少了意外和震驚。

或許人到了一個年紀，就能真實體會「人生無常」只是日常的一部分……

第二話。

# 用九灶咖

最有溫度的聚散是一同吃飯。

你知道水昆走了嗎？

我知。

好突然，什麼都沒交代。

是啊，人未註生就先註死了。時間到就離開。

不過睡覺中過往，很有福報。

我昨晚去店仔買菸看到吉誠耶。

喔！他出現了囉。真怕他想不開。

他的命也真的
有夠坎坷。

六分地的果園
砍燒了五分去……

先是果樹去染到潰瘍病，又遇到風災。

自己砍燒自己的心血，
真的是「叫天，天不應；
叫地，地不靈」的無奈。

昭君姊，我要一個玉米的。

貼紅點的是辣的。

好了喔。

他就是不肯噴藥啊。

他爸就是吸入太多藥中毒死的啊。

今天怎麼擺廟口，不用去夜市嗎？

車子送修了。老車毛病多。

鳳玉妳今天沒班呀？

呼—

不想上班，請補休。

唉！

怎麼了？

公司要我去台北受訓啊。

妳不想去嗎？

我也不知道，店長說的也有道理……

店長說，我一直安於現狀，總有天會被取代的。

有時覺得自己個性像水蛙，習慣這個水域就沒有勇氣離開。

可是看朋友的臉書，無論工作或休閒都那麼多采多姿，又很羨慕。

昭君姊，如果是妳，妳會怎麼選擇？

妳哥怎麼說？

我還沒跟他說，我知道他會要我去啊。

我也不知道……

不安，是會讓人舉棋不定。不過主要是牽掛吧。

是因為有牽掛嗎？

喔。

可以問俊龍呀。他待那麼久，一定可以給妳好建議。

嗯——我也怕跟不上台北的步調。

我也知道問他最實在，但他也是讓我拿不定主意的原因。

要不去求個籤請廟公解籤？

咧！

哈！我還看農民曆算塔羅

所以水昆嫂不想去住兒子那喔。

是啊，在這熟人熟路的，去桃園怕不習慣。

也是啦。

她現在比較傷腦筋的是田地。

嗯，一個人種不來，租或賣掉又沒幾個錢。

陳伯！

喔。俊龍你拿什麼？

※棕櫚帚，俗稱天地帚，據傳有掃天然、掃地煞、趨邪避凶的功用，常用於新居落成、開廟門、安胎、送土神、改運、挖地基、結婚、辦喪事、掃墓等儀式性用途，一般都成對購買。

喔！是棟櫚帚啊。

阿公吩咐我拿來給水昆嬸。

你放門口，她在睡覺。

這期間都沒怎麼休息。

飯桌上，剩一個人吃了。

誰准你們在上面放風箏！快給我下來！

不妙！被發現了！

那麼明顯很難不被發現吧！

快！再放線！

唔！

看完要按照順序排好。

還有不可以亂塗鴉。

快寫功課！不然就跟你爸媽說你們偷放風箏！

哼！小氣鬼告狀鬼——

我寫完了，可以看漫畫嗎？

可以。

妳看完再跟叔叔講故事。我請妳喝養樂多。

好。

又在拐騙小女孩啊——

叔叔。

保麗龍

屁啦！你才一副綁匪樣。

簡垃圾阿伯！

不錯嘛，店越來越有樣子了。

就遇到缺什麼補什麼啊——

開店跟人生的過程真像啊！

我要買些電池跟蠟燭。

氣象說這次颱風超猛，我們這鐵定停電。

吃的要順便買嗎？

免啦，你不是會開店。

你有空幫我弄輛加頂蓋的三輪車。

我阿公在跟我要。

請問——

阿德伯在嗎？

好啊，不過你載他復健都是不是嗎？

他說，這樣我的時間才不會被他綁死。

我在猜可能也和水昆伯驟逝有關吧。

就像停電時才會突然去思考手電筒放在哪一樣。

我帶了些美人柑來給他。

喔，謝謝。我再跟阿公說。

謝謝喔。

沙！

喔喔！
色澤好棒。

喔喔喔！這是
北古坑的對吧！

嘖！你是
果蠅喔——

剝顆來
吃吃。

哭枵！別突然
冒出來啦！

昨晚吃飽後��⋯�⋯

相信人，卻弄得工廠拱手讓人。

他爸說，只要腳下有地要踏，就可以從頭來過。

所以就跟著家裡學種水果。

喔！可是——

古坑離這有段距離，怎麼認識的？

主要是你阿媽啦，務農的大多彼此知道。

沙！

都是靠天公伯給飯吃的。

俊龍。

用九商店的

如果吉誠有來除東西，先別記。

喔，好。

起風了。

不知道這次又要帶走多少……

這些菜不漂亮都沒賣掉……

這麼多,又要吃好多天。

嗯!對耶。可是,

這樣放爛好可惜——

煮一煮就沒有美不美啦。

一起吃飯？

喔，我的意思是，孤家寡人啦……

是啊。反正你們大多是孤單老人。

我是那天在水昆嬸家看到她的飯桌。

突然間變成一個人吃飯，一定很不習慣。

好！反正我申請的看護也還沒來，就這樣辦吧。

我一個人煮也不好煮，俊龍你這建議不錯。

俊龍弟弟，你這個點子實在太讚了！

啪！

痛！唔！

嘿！你都恬恬的來——

喔——

在說什麼啦！

這是昭君想到的啦，之後由她掌廚。

但是要先說，菜色不定，且酌收費用。以後或許會對外開放。

好吃就好！管它什麼菜！

昭君以前做過小吃，妥當的啦！

你聽！是愛苗發芽的聲音——

喔！妳幻聽！

好！那就從今晚開始吧！

開酒慶祝了啦！

啪！

畢竟西風起
定朝遠客驚
秋來休嫌冷
准有月華明

歲君 可安
失物 將至
婚姻 難成
行旅 將至

占病
占財
占

呼！
好悶啊！

颱風來之前
都這樣……

這就是生病的樹嗎?

還會再結果嗎?

這棵是老欉了,

我阿公那一代種的……

卻被我毀了。

沒料到生病的枝幹那麼脆……

我……我就是在這株準備結束生命的……

聽廟公回來後轉述⋯⋯

吉誠叔那天在
綁樹的時候，
發現嫁接的枝幹
長出了新葉。

葉面翠綠如玉，
已經沒有圓形的
褐黃病斑。

時間調養土地，
土地治療自然，
自然療癒了人。

呃，再往右一點。

這樣咧？

左邊高一點。

啊！俊龍你這邊又歪了。

你那邊可以了。兩金高一點。

喔。

好！可以固定了。

店名取得讚！我們來柑仔店就像走「灶咖」一樣！

等一下來討論出餐時間。

昭君，日後就勞煩妳了。

德伯不會啦。

嗯。

唉——倒是鳳玉，她的臉臭增加了30％……好讓人擔心。

用九商店

我咧，臭臉維納斯的臭臉指數好像降了50％。

告白了沒？

切！我進來都換好衣服了。

哇啊！友蓉姊幹麼突然出聲！

是妳自己出神了。

有些事就要一鼓作氣。

否則像我這種「縫」眼厚唇，可能沒人注意更別說嫁出去。

還沒跟妳告白的俊龍哥告白喔。

哎喲——

拜託！友蓉姊的胸器很引人注目好不好。

胸器大又怎樣！記住！房子再豪華沒人就是空。

人啊，條件再好沒人在身邊也白搭。

要一鼓作氣的衝！知道嗎！

唔！口氣跟阿嫂好像……

沒錯！

人如果不偶爾衝動，是創造不出希望的！

以我的聰慧，我有信心很快就上手的。

可是妳又沒種過菜，這樣……

要不要再考慮一下？

可是你也不是生出來就會修機車啊！

再說，菜錢變貴了，我們住家附近就有田，還去買菜會被恥笑的。

阿芬──

我真的受傷了……

好啦，去種啦──

哦，過分，你好……

我這麼美麗妖嬌，你還傷害我……

我知道妳其實要幫水昆嬸。

可是萬一──第一次種菜就失敗，反而會拖累她啊！

穿心！

嘿！剛剛那一段動人的演出，可以拿最佳女主角獎了。

嘖！又裝哭耍我……

你懊惱的樣子好性感喔——謝謝腦公！

好啦！好啦！

唉——這種無聊的戲碼我看了十年了……

還是陪阿媽去抓寶可夢比較有趣。

柯尼卡彩色沖印　張銘科小兒家庭內科　漁泉海鮮熱炒 100

我先走囉，辦辦！

明天見。

噠！

累，每次都排打烊班。

到底要不要去受訓啊……

要去放沖天炮嗎？

麗娜

第三話。

# 幫風照相的人

每個人都不曾見過，卻心知肚明它經過。

來拍颱風？

是啊，每年我都會選個地方拍。

拍颱風，感覺還滿酷的。

哈！有些人笑我蠢，他們說，風又看不見。

它確實看不見。

但好玩的是，一定會有軌跡證明它經過。

你不覺得這樣很令人著迷嗎？

看不見，卻真實存在。

對耶，以前倒是沒想到這點。

如果風雨不大會到十一點。

這要看晚上的風雨。

請問一下，晚上供餐到幾點？

太好了！或許我回程再來吃個消夜！

我喜歡這家店，加上你們讓人有家的溫馨感。

老伯您好福氣，和孫子孫媳婦一家子生活。

呃？

唔！那個，我們……

晚一點再把照片傳到臉書訊息給你。

呃，照片？什麼照片？

雨停了，我要去追風了！

什麼照片？話也不說完，真是怪人。

像風來，像風走。

算是答謝你招待的咖啡。掰！

喔，好……

呃，那個，那個菜洗好放冰箱了，我晚點再過來。

哪知，他在樓頂。

兩金找我，他怎麼不進來？

來囉。

幹麼在樓頂？風很大耶。

看雲賽跑啊。

眼眶那麼黑，又趕工做通宵喔？

耶！這樣昨晚算是兩人的約會囉。

最好是啦。

六年級那次，我們是騎鐵馬去耶。

哈！小學畢旅，鳳玉吵著要跟，只好出發前先帶她去玩。

昨晚載鳳玉去台西海邊兜風。

呃！你們也太誇張了吧！

你……想拜託

幹麼吞吞吐吐的，說啊。

俊龍，

那個……可以拜託你一件事嗎？

拜託你跟鳳玉交往。

噗噗噗噗噗噗噗噗噗噗噗！

她說她喜歡你，在我開口說我喜歡她之後。

你聽錯了吧⋯⋯

我也希望是自己耳背聽錯。

偏偏我站在下風處，風包著話，直接在耳朵裡灌籃。

兩金你這個蠢蛋。

我不知道該痛扁你一頓，還是用力抱你。

※家私：閩南語「工具」之意。

感情又不是你的家私，說借就借，想換就換。

你只是一廂情願的以為這樣鳳玉就會開心。

嗯，或許鳳玉多年後的某一天，

湊巧又在哪看見仙女棒，你猜她會想起誰？

一直以來就是她開心我就開心啊。

你們昨晚有放煙火嗎？

煙火被雨淋溼了，只有玩仙女棒。

104

啊……不然咧。

唔！是……是我嗎？

不會是阿忠，也不會是我。

嚇！你哭什麼啦！哭點在哪啦？

嗚嗚……

乖啦。請你喝飲料補充水分。

嗚——我要喝阿比加咖啡。

今天你最大，你說了算。

是開心啦，想到能被鳳玉想起就很開心啊——

春樹哥!有掛號信喔。

哈!又是補習班請你去授課嗎?

還有其他的信嗎?

我查過,沒了。

郭春樹 老

春樹哥,別灰心,也許下週就等到了。

希望你別放棄等待……

……我不太放棄的。

108

氣象說晚上風雨很大。

我想這天氣不會有人來借書，你早點回去。

我是執著到讓另一方想放棄我的那類人。

……

我會留在這吧，窗台那可能會滲水，我得應變。

109

那個，有句話⋯

「善於等待的人，一切都會及時來到。」

不過我記不起來是誰說的，哈哈！

是巴爾札克。

雖然老師沒說，但我知道他一直在等女兒的信。

對！就是他。

哈！不過我過幾天就又忘了。

掰掰囉。

唔。

110

普普普！

畢業那年的上學期吧，本來話就少的老師，變得更寡言了。

記得是下午，要拍畢業照。

他那時還留著被大家取笑的西裝頭。

遠遠的就看到他背對門口，側身靠著書架，我沒再往前一步。

我跑去圖書館找他。

111

他把頭垂得很低，很低。

那種沮喪，像是小孩好不容易存錢買的玩具，突然不見了。

像鼓起勇氣遞出的告白信，放學打掃時發現完好的躺在垃圾桶裡。

像等上了一段時間，卻收到查無此人的退回信。

也像國二時，爸爸丟句「好好照顧自己」後轉身離去的背影。

媽呀！我是不是有戀父情結啊！

112

※白露為24節氣之一，在國曆9月7日或8日；蕹菜即空心菜；飯匙槍即眼鏡蛇。

阿芬，這季節不建議種空心菜。

為什麼？炒空心菜好吃耶。

妳可能沒聽過，「白露蕹恰毒過飯匙槍」。

蕹菜性寒，秋冬不宜多吃。

還滿多的啊。

是喔，長知識了。那這季節適合種什麼？

像蘿蔔、芥菜、菠菜、高麗菜、捲心白菜、萵苣類的都可以。

113

問個很外行的問題。

水昆嬸妳的菜種都哪來的？

有用買的，也可以自己留種子。

妳水昆伯都是留些菜種，自己培養菜種，自己播種。

像這種農民品種長出來的菜可能變異較大，產量普普。

※農民品種：農民經年累代自己留種自種。

不過它先天就熟悉這地方的土質和天氣，所以抵抗病蟲害的能力比較強。

反而收成很穩定，比較能估算出數量。

好奇妙啊！

水昆嬸走吧！教我怎麼種！

呵！別急。這種天氣種也是白種。

114

呵！是喔。

我心理跟生理都準備好了說——

靠天吃飯的快跟慢還是得看老天爺的臉色。

那這樣一直下雨能做什麼？

我先教妳育苗，妳也可以在家做。

喔喔！在家做好啊！

我最近早上沒送小孩，阿忠就唸我拋家棄子。

男人心眼真小。

哎喲！幹麼謝啦——

阿芬，謝謝妳最近一大早就來陪我。

而且這種遺產還會增值。呵呵！

我也有分到水昆伯留下的遺產啊。

阿公——

你確定……

安啦，在阿勇家過夜而已，又不是出遠門。

再說，吉誠也在啊。

颱風天你要準備東西，又做生意。我們老的集中一起，較好管理。吉誠比

哈哈！

揹！你水昆附身喔，會練痟話——

好啦，免煩惱。

安啦，我有裝發電機。

好吧，行李箱裡吃的、用的都有。

有什麼狀況再打給我。

等一下先來唱歌，上週有灌新歌。

對啊，上次唱唱歌是去年中秋晚會了。

好喔，好久沒唱。

三個加起來兩百多歲的老人，像二十幾歲小夥子要出遊一樣……

話說，火力發電廠阿勇伯好像比較和藹慈祥了。

俊龍，還有麵線嗎？

有喔，還需要什麼嗎？

不然給我包三根紅蘿蔔和咖哩粉。

118

嗄！嗄！嗄！

叩！

叩！

叩！

妳車還沒修好吧，我載妳。

風雨越晚越大耶，妳先回去吧。

剩沒幾個了。

喔。

唔!十一點了。那個妳⋯⋯

不用,我有騎車來。

可以讓我在這待到十二點過後嗎?

等他們都睡著再回去。

好，多晚都可以，我可能會通宵。

這樣風雨應該噴不進來了。

喀卡！

喀拉！

可以嗎?

妳試喝看看,
威士忌咖啡。

酒味壓過
咖啡了。

喔喔喔!
來囉!來囉!

聽說這次瞬間
陣風有十六級!
晚上新聞就說有
人被風吹倒……

不知道追風俠有沒有固定好自己？

否則⋯⋯

噗呵！

噗哈哈哈哈！白癡！

哈哈哈！好有畫面！

明早新聞頭條就是台灣首個人體風箏試飛成功！

唔！

啪！

別慌，早料到會停電。

妳別動，我去拿蠟燭。

嗯。

妳在原地別動喔，
我去找妳！

嗚嗚嗚—
快點啦！

哇啊啊啊！
停電了啦！

阿忠！
你在哪啊！

救命啊！

寶貝，
我來囉—

哇啊啊
啊啊啊！

她房間有緊
急照明燈。

嗚嗚—
媽媽那邊
怎麼樣？

幹麼嚇人啦！
很壞耶！

啪！

啪！

哈哈哈哈！
妳葉問喔！
出拳好快。
誰叫妳平常
老整我。

小慶咧？

他在鳳玉
房間玩啊。

124

哈!仙女棒
還有嗎?我
也要玩!

有呃!

哥,阿嫂。

……

哥,我有事
要跟你說。

小慶,我們
去三樓玩。

好!

嗯!

叮咚!

停電了，有平安嗎？

呵！

OK，暗暗的，所以仙女棒很亮。

天壽！心臟噗通噗通的。白天咖啡喝多了嗎？

嗖—！嗖—！

嗖—！嗖—！

台灣省菸
局賣公酒
酒菸
商售零
40406

記得放在
桌邊……

喔！有了！

喀嚓！

我小時候
還滿期待
停電的。

明明是自己家，明明擺設也沒動，偏偏有像在探險的感覺。

電停了，家裡反而熱鬧了，大家圍著聊天，有時阿公說故事。

有時我爸會跟著收音機哼哼唱唱。

哈！我覺得我腦袋超有事的。

我媽煩惱冰箱裡的東西會壞，我則是拿著手電筒四處走。

做了些不知道未來會不會更好的事。

你腦子的確滿有事的……

回來接這家店，

在做這些事的時候覺得到很多成就感吧。

雖然以前努力工作也會得到肯定，但覺得那種肯定是為了競爭、升遷的理所當然。

很像在吃甜甜圈，外面很飽滿，一咬下中間卻是空的。

可是在這裡多做一些，多替人想一些，會得到一句謝謝。

不管是透過嘴上或神情。

哈！我好幼稚！

好像幼稚園小朋友想得到笑臉貼紙。

唔？

我這裡只有標示蔥油餅的紅點貼紙。

追風俠
傳送照片

叮咚！

呵！是追風俠。看來他沒有被吹走。

唔！

他什麼時候偷拍的！還偷拍那麼多！

第四話。

# 土地公拐仔

人不能沒有土地，請土地公有空時來看顧一下吧。

修理紗窗！換玻璃——

修理紗窗！換玻璃——

沙！

沙！

清仔！

這邊用完大約一點。

會啊。

阿清，等一下會到我那附近嗎？

好，二十分鐘後就可以來拿。

這個麻煩你喔。

颱風過境多少會打包些東西，表示它不虛此行。

唔！早安。

嗟！

還好，根還在。

早。

你的手傷沒事吧？

都平安，只是門口那棵芒果樹倒了。

小擦傷，還好。

嗯。

俊龍哥早！

啊鳳玉早——

家裡都平安無事吧？

鳳玉早。

昭君姊早……妳這麼早就來啦？

昨晚本來要騎車送她回去，結果一出發就犁田，所以留下來過夜。

不好意思，害你受傷，車子看報修多少，我再給你。

沒關係——啦

OK，妳坐一下，我去拿。

喂！鳳玉！

呃！

恍神喔——我問你要買什麼？

喔！呃……我要買肉鬆跟花生麵筋。

140

!!!!!! ??? !!!!!! ??? !!!!!! ??? !!!!!! ??? !!!!!! ??? ???

為何……
這麼驚慌？

阿芬呢？
一般不都是
她來買的。

阿嫂最近
跟水昆嬸
學種菜。

好肉鬆

麵筋 麵筋

咕嚕──

小學不是
要用棉花種
豆芽嗎？

她是全班唯一
一把棉花跟豆芽
都種死的人。

用九商店

141

來吧！開始種吧！

啊！阿芬等等，要先整地。

高麗菜是淺根蔬菜，泡水就壞了。

颱風把土埂都沖散。

我們得先堆高田埂挖好排水。

喔喔！

吉誠，你果園如果要忙就去喔。

這次還好沒什麼損失。

都這樣吧，天公伯會拿走些東西。

哈！希望不會發生比那次更悽慘的狀況。

啊！

不過祂也會找機會補還給你。

好像又會下雨，這樣會不會做白工？

很多時候做白工不只是因為天氣……

有些情況真的讓人捶心肝。

但是捶完還是要放下情緒。

144

沒辦法——
土地本來就
不需要人。

但是，人在世
不能沒有土地
啊。

146

你們看！這棵樹留下的痕還在。

前年有個算命的還說，喔！這條姻緣線好深。

三十三歲姻緣會浮喔！孵個鳥蛋啦！都快過有效期限了！

哎喲！農曆年還沒過啊——

掰掰——

路上小心——

哥，我去上班喔。

好。

148

嗯——
掰
掰！

鳳玉決定了。

決定什麼？

她決定下個月去台北公司上班。

呃！

說實在的，想到這個從小跟到大的跟屁蟲。

突然，

突然有一天你轉頭，她說她不想再跟了。

當下才會驚訝，

依賴並不是誰前誰後的關係。

葉子掉到地上的聲音很細微。

失落似乎也是這樣。

是啊。請土地公有空時過來看顧一下。

以前都是農曆八月十五土地公生日時來立土地公拐的。

不過現在新一輩的很少這樣做了。

好了，我們開始吧。

這些初秋高麗菜苗是我之前育苗的。

秋、冬兩季都算盛產期。

高麗菜品種很多，初秋跟陸麟都是六十天期的。

妳水昆伯常說，高麗菜就像是種菜人的樂透。

時間點對了，收入是很可觀的。

呵！這可能連老經驗的人都很難說得準耶。

常有人算不如天算的事發生。

呃！那我們現在的時機是對的嗎？

但如果供過於求，慘到一顆賣三塊，那就連本都蝕光了。

154

阿芬，等一下我邊做，妳就跟著做。

好。

像這樣每一畦的間隔有淹一點水較好。

因為蚜蟲大多是螞蟻帶進來的，水可以阻止螞蟻。

也有人用32目的白網鋪在種植的土表面。

可防蟲，也可抑制雜草生長。

我好像看過，我以為那是塑膠袋耶。

那萬一有蟲怎麼辦？噴農藥嗎？

盡量不要用藥，土是活的，也會呼吸。

有時也會用九層塔、蔥、蒜灑在四周驅蟲。

有時會用蘇力菌，它是專門殺昆蟲的。

<sup>※</sup>蘇力菌：屬生物性殺蟲劑。這種昆蟲病原細菌所產生的結晶毒蛋白，具有殺蟲效果。

※鋤頭：寬面稱鋤頭，窄面稱鋤頭公。短柄約35公分，長柄可達140公分左右。

下個月對面要動工了。

聽說啦，要蓋超級市場。

然後還聽說路到這裡。

又要開條地，就這樣被五馬分屍。

好好的一塊地，就這樣被五馬分屍。

你還記得嗎，小時候眼前這裡有一棵很大的茄苳樹，樹下過去有個防空洞。

中學時，為了種甘蔗，人們把樹砍了。

每回只要跑到那棵樹下，心裡就覺得安全了。

我結婚時，甘蔗園變成稻田，然後，稻田又變成三合院、稻田……

眼前這些事，我們都看一甲子了。

還是會看不慣，心裡還是會唏噓。

再過一甲子，眼前看到的會是什麼景色？

看不到了……

希望下次來，天空不要變灰灰的就好。

162

這顆地球儀鳳玉說要送你，放在二樓給小孩用。

喔！你沒去送她？

她說不准啊，要我們照平常生活。

她說這樣比較不會感覺自己要離開。

怕哭就直說啊！不知道在蘆什麼？

這個散形的不會上了車才發現忘記東西吧……

我沒打斷阿忠的嘮叨。平常很難看到他表現出這一面。

我發訊息問一下……

健保卡應該有帶吧……

剛去壓力很大吧？她一緊張就胃痛……

這麼笨，如果被騙怎麼辦？

也不清楚房東人品怎麼樣？

164

人很弔詭。

平時一起生活時，不善於說出關心。

關係像是隱性的。

也許就像是地球自轉的離心力。

轉著、轉著，身邊總會有人離去。

離開後，隨著距離變遠，關係反而漸漸地轉為顯性了。

火星上沒氧氣，我很快就睡著了。幾分鐘後我做了一個夢⋯⋯

小時候的夢⋯⋯

我在爬家門前的芒果樹。

因為我想用鞋子丟芒果。結果鞋子卡在樹上。

鞋子拿到後，我往下看，才發現好高，好恐怖。

我著急得哭了⋯⋯

不要怕！我來救妳了！

是他！他是我哥的同學。

常拿著碗到我家吃飯的那個同學。

他很討厭，常捉蟾蜍嚇我。可是我一哭，他就買糖果給我。

到後來，我都假哭。

因為我實在太緊張，不小心踢倒竹梯。

他牽著我……

他沒有放手。

他手受傷，回去還被
他媽媽揍。

但他沒說受傷是要救我，
他擔心我爸也會扁我。

如來
神掌

我送了他一顆芒果，
他吃完後握在手中
說要拿回家種。

隔天，他的傷口
冒出了芽。

呼！呼！
媽呀，好詭異，
這是什麼
怪夢……

睡不著了……

4:00

嘖！

喀啦！

唔！
有點冷——

這個時間哥他們
在演奏了吧。
一個磨牙，阿嫂
在打呼，
然後小慶……

吸！

唔！要忍住——

一杯中熱拿。

四十五元，收妳一百。

叮咚！

熱拿鐵好囉。

謝謝！

呃！

# 第五話

# 買賣的價值

買賣應該是暖的，像自然的光合作用。

咿——
好恐怖喔——

哈哈！阿芬妳
也太可愛了，
用筷子抓蟲。

媽！
妳看！

呵呵呵！
超可怕的
啊——

179

哇啊啊啊！不要靠過來！快拿走啦！

我抓60隻了喔！

很厲害吧！

呵！變得好熱鬧。

是啊～

放生——

不是叫你放生啦！

快把牠們都抓回桶子裡！

喔！

阿玉早啊。

慢慢適應了。

房東太太
早安。

兩個禮拜
了，都還
習慣吧？

嗯！

兩金大仔，晚上要去「小娘娘」鬆一下嗎？

哎喲！拒絕小娘娘。你轉性囉。

兩金大仔要去找北鳳玉，捨棄南娘娘。

掅！哭爸喔！快做啦！

我有事，你們去就好。

那晚她說，
謝謝我跑來火星找她。
我搞不懂是什麼意思。

我就跟她說，
並沒有太遠啊——
我可以常常來喔。

嗯……

這樣我再上五天課，再打鐘打五次，媽媽就回來了。

啊！小婷妳的「習」字寫錯了。妳寫的是休息的息。

真的喔！

這個才是練習的習。

哈！好佳哉，在考試前發現。

186

天啊，妳錯字不少耶。

我爸媽都沒看出來耶。

正好了。我幫妳訂

妳每個字練習寫十遍，邊寫邊念。

好啊！我討厭每次都是倒數第二名。

蝸牛餅叔叔，你真是我的救命恩人。

哈哈！妳用詞太誇張了。

媽呀——已戀愛。

不！是整個在愛河溺水了呀——

啊！俊龍哥……

不去送信，在這偷窺！

我……我是打算上來整理書櫃的！

好喔，妳說的，以後交給妳囉。

喀啦！

這樣你們上下車比較方便。

喔喔！這個設計有讚！

我在側邊開了一個門。

揹！阿忠你設想周到耶！

是俊龍想的啦，我負責做。

你們要試車嗎？

「老」，是無聲進行的動詞，無法改變。

能改變的，是在別人眼中不要成為名詞，或形容詞。

哇啊啊！臭火焦了！

都是你害我分心！

青椒變黑椒了……

俊龍！

唔，豆油伯！今天怎麼有空來？

我順道拿東西來給你。

喔！你幾歲？

孫子回來啊，帶他出來走走。

六歲了！

我也謝謝你們啊！從你阿公開始，就一直來跟我交關。

豆油伯，謝謝你。

※交關：閩南語「買賣、惠顧」之意。

一輛陳舊的拼裝車，你又會估多少錢？

一顆六十天熟成的高麗菜，你認為賣多少才划算？

初秋 35 元
高麗菜
脆！甜！！

一瓶釀六個月的醬油，你覺得要定多少價錢？

經濟學、市場學……報酬率……

我仍一知半解。

也沒有動力想去搞懂，

可能是因為在這裡

你清楚價格標籤後包含很多

無法用錢衡量的東西。

買賣的互動多了一種

用心才能感受的循環。

是一種自然的循環。

阿媽！有挖古機耶！

嘎嘎

也許阿佑的發音沒錯……

哈哈！臭奶呆！是挖土機。

197

的確是在挖古蹟。

匡啷！匡啷！匡啷！

我以前常聽到這種聲音，
那是記憶潰散時發出的聲音……
像電影還未對好焦的序幕。
拆除的灰塵總會把眼前罩上一層霧，

只是，
無法預料即將上演的劇情是什麼？

我想我該去補貨了。每次結束完一回稿子，腦子就會冒出類似的話。

面對空白草稿，必須在腦袋裡箱倒櫃尋找故事，經常苦惱要如何說下去，而且要讓大家保持想聽下去的興致。有夠難的啦！我體會到「萬事起頭難」所說的「難」，或許不僅是指開頭不容易，開了頭以後如何延續才是更大挑戰。相比之下，開始一個全新的故事倒還容易些。

從前從前……古早古早以前……以前我都是這樣騙我弟睡覺的。

表面上，似乎是編劇的人在操控故事裡面的角色，如同老天爺在雲端看世界，偶爾撥弄一下手上操縱的線。但我總覺得這樣好置身度外，所以習慣像乩童請乩般地把自己丟到故事裡去當那個人。但這也有缺點，因為身在其中反而容易拘泥看不清。這時編輯大大就很重要了，她們是遞樓梯的，讓我可以爬上幾階換個高度看一下。

她們會說，俊龍快變邊緣人囉！旁邊的配角個性都比他鮮明喔！

我說我知道啊，可是俊龍就在我耳邊說：我這個人就是這樣啊，要是可以我也想嗨一點，有個性一點！接著大鼻芬就會插嘴：沒錯！俊龍就是很悶騷！如果沒有我們這些人在旁邊敲鑼打鼓，他的人生就是默劇，而且是黑白的那種！好啦！俊龍！閉嘴啦！沒看見我在跟人開會喔！等開完會再說！所以編輯基本上是跟一個精神分裂者開會呢……

編輯是辛苦的——時常要幫我看前顧後，我經常會忘記角色叫什麼；要站在理智面分析，幫我確認引述是否正確；然後三不五時還得面對我的固執（嗯，不對，不是我，是角色們）；

又要耐心地等待想不到下一回故事的
我。完全就是陪烏龜散步的感覺。說
到散步，用九也緩緩走到第二集。

有人說，跟心愛的人要在雪中散步，
因為走著走著，兩個人的頭就一起白
了。我覺得跟大家比較像在田埂散
步，邊走邊撒些種子，邊偷摘東西
吃，偶爾一腳踩進爛泥再被拉起。非
洲有句俚語：「一個人走得快，一群
人走得遠。」謝謝大家一直陪我走
啊。希望你們喜歡第二集，我等等要
再去跟俊龍他們開會了，看之後他們
要把用九搞成什麼樣子……

那個……妳有沒有覺得，每次開會，會議室不只有三個人……

驚！阿娘喂！原來妳也感覺到了，怪不得冷颼颼地……

*Taiwan Style 46*

# 用九柑仔店 ②聽見發芽的聲音
Yong-Jiu Grocery Store vol.2

作　　者 / 阮光民

編輯製作 / 台灣館
總 編 輯 / 黃靜宜
主　　編 / 張詩薇
美術設計 / 丘銳致
企　　劃 / 叢昌瑜、葉玫玉

發 行 人 / 王榮文
出版發行 / 遠流出版事業股份有限公司
地址：104005 台北市中山北路一段 11 號 13 樓
電話：（02）2571-0297
傳真：（02）2571-0197
郵政劃撥：0189456-1
著作權顧問 / 蕭雄淋律師
輸出印刷 / 中原造像股份有限公司
□ 2017 年 3 月 1 日　初版一刷
□ 2022 年 7 月 10 日　初版五刷
定價 240 元